Maman est un oiseau

Anne Loyer

Maman est un oiseau

Illustrations de Leïla Brient

1

Je lève les yeux au ciel. Il n'y a ni nuage, ni brouillard. Le ciel est vide. Pourtant je m'obstine. Je cherche un signe. Une signature. De celles que les avions tracent dans leur page bleue. Et soudain je la vois ! Là ! Cette grande traîne blanche, comme celle d'une mariée. C'est celle de ma pilote de maman.

J'adore les voir ces rubans blancs. Ils

flottent au-dessus de ma tête et ils me parlent d'elle. Elle me l'a dit un jour :

— C'est ma façon de te faire coucou !

Parce que ma maman c'est un oiseau.

Impossible de la garder à la maison. De l'enfermer entre mes bras. Elle déplie ses ailes et elle s'en va. Loin. Haut. Ailleurs. Sans moi.

Et puis, elle fait demi-tour. Elle revient vers nous. Nous, c'est papa, Tim et moi.

— Revoilà notre oiseau préféré ! rit toujours papa en la soulevant du sol dès qu'elle arrive.

Mais Tim et moi on la tire vers le bas, on se suspend à sa jupe, à son cou, à ses épaules. On la fait plus lourde qu'elle n'est. Pour l'empêcher de décoller. Pour lui interdire de repartir. Loin. Haut. Ailleurs. Sans nous.

Quand elle est là, la maison tourbillonne dans tous les sens, les chansons virevoltent d'une pièce à l'autre, les vêtements tournoient au-dessus de sa tête, ses pieds ne touchent pas terre. La vie est si légère quand elle est là...

Mais lorsque la petite valise rouge est dans l'escalier. Quand tout se pose, quand tout se calme... alors, on sait que son départ est pour bientôt. On redescend sur terre.

Notre vie avec maman ressemble à ça. À une balançoire à bascule. Elle descend, on monte. Elle monte, on descend.

Sur le pas de la porte, son sourire

tremble un peu sous son rouge à lèvre qu'elle laisse sur nos joues pâles et sur la bouche fermée de papa. Les adieux se font toujours là, jamais à son travail. Parce que son travail c'est partir.

Alors, d'un geste de la main, les doigts au vent, elle nous quitte... avec un peu de nous au fond de sa petite valise rouge.

2

— Manon ? Manon ?

Je n'entends pas. J'ai les yeux fixés sur la fenêtre.

— Têtenlair ? me lance papa en riant.

J'atterris. Une tartine flotte devant mon visage au bout de ma main et l'odeur du chocolat chaud s'engouffre par mes narines. Tim s'amuse à dessiner des figures dans les gouttes de lait tombées sur la table. Comme des nuages à déformer, à triturer. Papa vide le lave-vaisselle dans un bruit de casseroles. La routine. Celle d'un matin comme un autre. Papa est aux commandes. Et nous ses passagers. C'est lui qui « gère le quotidien » comme il dit. Avec des hauts, des bas... des turbulences. Mais toujours « sous contrôle » ! Petit-déjeuner, toilette, habillage... et en classe ! Pas le temps de traîner. Tim au CP, moi au CM2 de l'école Marie-Marvingt.

Dans la cour, je vais m'asseoir sur mon muret. De là, j'ai une vue déga-gée sur l'horizon. Il y a bien quelques espaces verts et gris dans mon champ de vision, mais c'est le ciel qui domine, avec ses drôles de tâches qui dansent autour de moi. Un ballet de coton, tantôt gris, tantôt blanc, qui me transporte ailleurs. Mais lorsque la cloche sonne, je rejoins mon premier rang, juste à côté de la baie vitrée ouverte sur l'extérieur. Je n'ai qu'à tourner la tête pour m'évader un peu, pour tenter un vol plané loin d'ici. Ma tête ailleurs retient souvent la maîtresse de m'interroger. Ce n'est pas que je sois une mauvaise élève. C'est juste qu'elle en a marre de devoir toujours répéter deux fois la même chose. Du coup, je suis tranquille. C'est Ambre, ma voisine de table, qui s'y colle. C'est la meilleure en tout. Même en gym c'est la plus forte.

Toutes les deux on n'est pas vraiment amies, mais on se serre les coudes. Au propre comme au figuré. Parce que nous, les filles du premier rang, personne ne nous aime. Ambre, parce qu'elle est l'intellectuelle, la chouchoute à lunettes. Moi, parce que j'ai dit un jour que mon père était « homme au foyer ».

Le pire, c'est Mathis. Il ne nous supporte pas. Lui, c'est le pénible de la classe. Celui qui pousse tout le monde dans les couloirs, qui se moque à tout bout de champ et qui empeste le chewing-gum. Il roule des mécaniques parce que son papa est pompier. Avec Alex, son inséparable, dont le père est policier, ils n'arrêtent pas de se moquer de nous. Pour un oui. Pour un non. Pour rien du tout. Pour le plaisir.

Je vois bien leurs grimaces et leurs mimiques. Et leurs mots, je les entends. Et même très bien ! Heureusement j'ai deux mains à plaquer sur mes oreilles.

Sauf que, pour écouter la maîtresse, ce n'est pas ce qu'on fait de mieux...

— Manon ? Manon ? Tu m'écoutes ?

Non. Pas vraiment.

— Oui madame !

— Qu'est-ce que je viens de dire ?

Silence...

À côté de moi, Ambre lève la main si

haut qu'on dirait qu'elle veut toucher le plafond.

— Ambre ?

— Que nous devons faire un exposé sur le métier de nos parents...

3

L'heure du papa a sonné pour Tim et moi. Il a un sachet gonflé de croissants entre les mains.

— Venez ! On va profiter du soleil ! Direction le parc !

J'avance comme une automate. La phrase d'Ambre revient en boucle dans ma tête. Un exposé sur le métier de ses parents... C'est vraiment débile comme sujet. Et comment ils font ceux qui sont au chômage comme le père d'Elodie ? Ceux qui ne peuvent pas travailler comme mon oncle Benoît, handicapé ? Il n'a pas d'enfant, d'accord. Mais il pourrait ! Ou encore ceux qui en changent tout le temps parce qu'ils savent tout faire, comme le papa de Farida ? Ou ceux qui n'en ont pas comme le mien ?

— Attention !

Je me sens brutalement rejetée en arrière.

— Tu as failli te faire écraser, Têtenlair ! s'égosille papa. Tu ne peux donc pas regarder devant toi ? Garder les pieds sur terre une fois de temps en temps !

Il a prononcé une phrase de trop. Celle qui fait mal, celle qui m'éloigne encore plus d'elle. De maman et de ses ailes toujours ouvertes. Comme s'il voulait me couper les miennes !

Sans réfléchir je me mets à courir. Je fonce droit devant moi. Bousculant une dame et son caniche sur le passage piétons. De toute façon, je ne les ai pas vus. Je ne vois plus rien. J'ai un épais brouillard dans les yeux. Il me coule même sur les joues.

Quand je m'arrête au bord de l'eau, j'ai le souffle en miettes. Au milieu, un cygne me regarde. De toutes ses plumes blanches il me provoque. C'est facile pour lui de prendre de la hauteur, de narguer la pesanteur.

Je hausse les épaules et me laisse tomber sur l'herbe. Deux ombres sont déjà dans mon dos.

— Ça va pas être facile pour toi !

C'est Mathis et son faux frère, Alex.
Ils me regardent méchamment.

— Oui, pour raconter le métier de
ton père !

Il insiste comme si je n'avais pas
compris.

— Qu'est-ce qu'il a, le métier de son
père ?

C'est papa qui a parlé. Forcément
il n'était pas loin derrière moi, prêt à
me remettre la main dessus. Pour me

passer un savon. Mais là je suis bien contente, le savon n'est pas pour moi. Je passe mon tour.

Les deux imbéciles heureux détalent comme des lapins. Mon père c'est le plus grand loup de l'univers. Ça c'est un sacré métier ! Et au lieu de me gronder, il essuie mes larmes avec sa manche et me tend un croissant tiède.

— Allez ! Raconte-moi...

4

Ma réponse est aussi courte que la phrase d'Ambre. Mais cela suffit à papa pour se faire une idée générale. Et pendant que Tim joue au dénicheur de pigeons dans les buissons, il m'explique :

— Père au foyer ce n'est pas un métier, c'est un choix. Mon choix. Et celui de ta maman par ricochet. Après ta naissance nous n'avions pas les moyens de prendre une nourrice. Maman avait mis ses études entre parenthèses pendant sa grossesse. Moi j'étais préparateur en pharmacie, rien de bien folichon. Alors quand maman a trouvé du travail, le choix a été vite fait. Voler a toujours été sa passion. J'ai décidé de m'occuper de toi. Et puis de vous..., ajoute-t-il en souriant à mon petit frère, absorbé dans la contemplation d'une plume.

— Oui mais qu'est-ce que je vais dire, moi ? Mon père est homme au foyer. Circulez y'a rien à voir !... Les pères des autres ils sont pompiers, gendarmes, médecin... Il y a plein de choses à raconter.

— Eh bien ! Tu pourrais dire... je ne sais pas... que je suis un extra-ter-restre. C'est important aussi les extra-terrestres !

— C'est malin...

— Mais attends ! Redis-moi ta fameuse phrase...

— Faire un exposé sur le métier de nos parents.

— Tes parents, Têtenlair. Pas ton père. Et des parents tu en as deux. Et ta mère fait un métier formidable ! Pas sûr que vous soyez beaucoup à avoir une pilote d'avion dans la famille.

J'écarquille les yeux. À cause de Mathis et d'Alex je n'y avais même pas pensé. Faire un exposé sur le métier de maman... et leur clouer le bec une bonne fois pour toute.

Oui mais... Je n'y connais rien à son

métier... Je sais qu'elle vole dans ce ciel qui me la vole. Mais après ? Qu'elle va loin, haut et ailleurs. Qu'elle passe les frontières. Qu'elle danse avec les nuages. Qu'elle s'en va toujours trop longtemps.

— Je crois qu'il va falloir que tu potasses un peu et que tu lui prépares une jolie liste de questions, me glisse papa qui lit dans mes pensées. Tu auras même le droit d'aller sur Internet.

L'autorisation de la mort qui tue ! Finalement cet exposé se présente beaucoup mieux que prévu.

5

Je me retrouve installée dans le bureau, les yeux fixés à l'écran. Devant moi défilent des longs courriers, des aéroplanes aérodynamiques, des avions de ligne, légers, ultra légers, de chasse... Ils tournent follement dans une ronde vrombissante. Je lis des phrases incompréhensibles qui parlent de poussée de réacteur, de portance vers le haut, de traînées de condensation... Une bouillie de mots que je dois me mettre sous la dent. Je les serre. Les dents. Et je continue. Mon exposé en dépend. J'ai trouvé plein de sites. Trop. Beaucoup trop. J'ai l'impression d'être écrasée par les infos et j'ai le tournis.

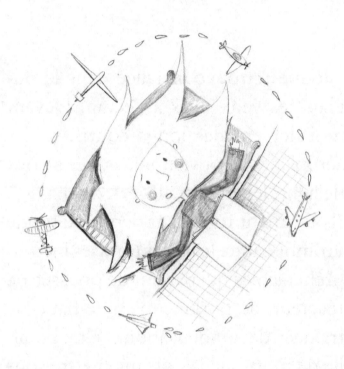

Papa passe la tête par la porte.

— Alors, ça avance ?

— Ça avance, ça avance... je mens.

Il jette un œil sur mes notes. Des lignes, des ratures, des fautes aussi.

— Ça part un peu dans tous les sens...

— Je ne trouve rien sur maman.

— Elle est pilote d'avion de ligne ma chérie. Tu le sais quand même ?

— Oui...

La ligne claire. Celle qu'elle laisse

derrière elle pour rester un peu avec moi quand elle s'en va. À laquelle je m'accroche pour partir un peu avec elle.

— Elle transporte des passagers. Des gens qui partent en voyage, voir de la famille à l'étranger, ou en vacances.

— Elle ne part pas toute seule alors ?

— Bien sûr que non !

Je réfléchis. Elle part en voyage avec d'autres gens pendant que nous nous restons là. Immobiles. À attendre son retour.

— Ce n'est pas juste !

— Quoi donc ?

— Qu'elle s'en aille à l'autre bout du monde. Sans nous. Avec des gens qu'elle ne connaît pas.

— Justement ! Elle les emmène et elle revient. Elle revient parce que c'est nous qu'elle aime.

6

J'ai pris une décision. Je sais ce que je vais écrire pour l'exposé. J'arrache une grande feuille blanche de mon cahier à spirales et je commence à écrire...

Quand le jour J arrive, on y passe tous.

Ambre parle de son père. Il est vété-rinaire dans un zoo. Il soigne des ani-maux sauvages et il prend des risques parce qu'il entre dans des cages tous les jours. C'est un métier drôlement dangereux. Elle a des étoiles dans les yeux quand elle raconte ce qu'il fait.

Alex nous explique avec fierté que son père traque les mauvais conducteurs et les bons voleurs.

Mathis, lui, en fait des tonnes sur son père qui combat le feu à mains nues. Même la maîtresse lui dit qu'il ne faut quand même pas exagérer.

Et puis, c'est mon tour. Je monte sur l'estrade. Je regarde tous les visages devant moi, comme si c'était la première fois. Je ne vais par leur parler de ma mère. J'ai trouvé trop d'infos sur les aviateurs, mais rien sur elle. Et quand je l'ai eue au téléphone, je n'ai pas eu le temps de lui poser les questions que j'avais préparées. C'est elle qui a posé des questions. Comme d'habitude. Et, pour finir, sa batterie est tombée en rade. Comme toujours. Et puis finalement je ne sais rien de son métier. Quand elle est là elle nous parle de ce qu'elle a vu, de ce qu'elle a visité, de qui elle a rencontré. On dirait qu'elle est toujours en vacances. Jamais au travail. Alors, je fais comme les autres. Je parle de mon père. Même si, lui, il ne fait rien comme les autres, je sais exactement ce qu'il fait. Et j'aime ça.

— Papa, il n'a pas de métier. Mais c'est son choix. Il s'occupe de mon frère et moi. De la maison aussi. Avec le ménage et les courses qui vont avec. Même s'il n'aime pas ça. Il passe beaucoup de temps à lire. C'est ce qu'il préfère. Bricoler un peu, jardiner pas trop. Il est tout le temps occupé, il a toujours quelque chose à faire. Mais il trouve toujours le temps de nous faire des super pizzas-à-tout et des crêpes géantes. Et puis il est le champion de l'histoire inventée du soir. Il ne gagne pas beaucoup d'argent. Mais il nous dit qu'il est payé en rires et en souvenirs et que ça lui suffit.

Ils écoutent dans un silence terrible. J'ai l'impression que mes mots font un bruit énorme. Quand je m'arrête, les autres me dévisagent comme si c'était

moi l'extra-terrestre. Et pas papa finalement.

La maîtresse, elle, me sourit.

— Il est drôlement bien, ton exposé !
Mais dis-nous ce que fait ta maman...

Je la regarde étonnée. C'était pas prévu comme question. Je tangue un peu sur l'estrade et puis sans réfléchir je réponds :

— Maman... c'est un oiseau.

7

Des rires partent comme des fusées, explosent comme un feu d'artifice.

J'ai l'impression d'être plongée dans un trou d'air. J'aimerais bien avoir les ailes de ma mère pour décoller de là. Mais la maîtresse se penche vers moi :

— Un oiseau ? Tu veux dire... aviatrice ?

— Oui… elle est pilote d'avion.

Et là, d'un coup, la classe entière se retrouve en plein film muet : les bouches restent ouvertes, avec rien dedans à part du silence. J'en sourirais presque. Je vois Mathis et Alex me regarder avec des yeux en forme de hublots.

— Comme Marie-Marvingt ! s'exclame la maîtresse, visiblement enchantée par ma réponse.

Je la regarde sans comprendre.

— Oui, complète-t-elle en se tournant vers la classe, votre école porte le nom d'une grande dame, pionnière de l'aviation.

Première nouvelle.

— Mais c'est magnifique, Manon !
Tu crois que ta maman pourrait venir
nous parler de son métier ?

La maîtresse est emportée par son
élan. Elle semble surfer sur sa pas-
sion-aviation.

— Je ne sais pas...

La cloche interrompt notre conver-
sation. Je me retrouve dans la cour, la
maîtresse sur mes talons.

— Tu lui demanderas, Manon ?

— Bien sûr ! Je vous promets de lui demander... dès que je la retrouve... Vous savez, elle est plus souvent en haut qu'en bas.

J'hésite un instant. Et puis, dans un murmure, je rajoute :

— Mais quand elle est là... qu'est-ce que c'est bien !

La maîtresse me sourit longuement avant de s'éloigner.

Mathis se glisse à côté de moi. Il a l'air gêné. Finalement, il murmure :

— Tu en as de la chance d'avoir des parents avec des métiers pareils.

Je n'ai pas rêvé, il a bien dit « métiers » au pluriel.

Je lève les yeux vers le ciel. L'azur est strié de lignes blanches. Elles y dessinent de bien jolies promesses...

L'AUTEURE

Née à La Châtre, **ANNE LOYER** a suivi des études de droit et d'histoire, avant d'arriver au journalisme.

Dans la vie il y a des signes, ils viennent parfois du ciel (!) mais le plus souvent du cœur. Chez Anne Loyer, ils prennent la forme de lignes blanches... qu'elle aime noircir de petites lettres, de mots jolis, de phrases vivantes. Alors, après quinze ans de journalisme, elle a changé sa plume d'épaule et elle est passée des histoires des autres à celles qui lui trottaient dans la tête. Depuis, installée dans le Cantal, au milieu de montagnes tout court et de montagnes de livres, elle écrit à plein temps et tout le temps, pour les plus jeunes comme les plus grands, des albums et des romans... avec une seule envie : continuer l'aventure de l'écriture, encore et encore !

L'ILLUSTRATRICE

À la fois auteure et illustratrice, **LEÏLA BRIENT** est arrivée à la littérature jeunesse après une maîtrise de lettres à Grenoble et un passage aux Beaux-Arts. Elle est alternativement « la fille qui dessine » et celle qui écrit. Complice d'Anne Loyer, avec qui elle a créé plusieurs albums, elle oublie ici la couleur et ne garde que quelques traits pour évoquer une sensation. L'oiseau est un symbole qui lui va bien, tant il est fin et léger.

Lou, son Chat et les assassins

Michel Piquemal
Karla Macías

Mon Cher Petit Cœur

Agnès de Lestrade
Peggy Nille

Le rêve du Professeur Borax

Florence Thinard
Lola Roig

© Éditions Bulles de savon 2015
www.editions-bullesdesavon.com

Graphisme : Julieta Cánepa

ISBN : 979-10-90597-21-1

Achevé d'imprimer en janvier 2015
par XL PRINT & MAILING
Saint-Etienne France

N° imprimeur P0403638-00-A

Dépôt légal : janvier 2015
Loi n°49956 du 16 juillet 1949 sur les publications destinées à la jeunesse